KB147764

닭과 코스모스

황금알 시인선 90

닭과 코스모스

초판발행일 | 2014년 8월 30일

지은이 | 민창홍
펴낸곳 | 도서출판 황금알
펴낸이 | 金永馥
선정위원 | 마종기 · 유안진 · 이수익 · 문인수
주 간 | 김영탁
편집실장 | 조경숙
표지디자인 | 칼라박스
주 소 | 110-510 서울시 종로구 동숭동 201-14 청기와빌라2차 104호
물류센타(직송 · 반품) | 100-272 서울시 중구 필동2가 124-6 1F
전 화 | 02)2275-9171
팩 스 | 02)2275-9172
이메일 | tibet21@hanmail.net
홈페이지 | http://goldegg21.com
출판등록 | 2003년 03월 26일(제300-2003-230호)

값은 뒤표지에 있습니다.

ISBN 978-89-97318-78-0-03810

닭과 코스모스

민창홍 시집

황금알

부제를 달고 싶지 않은
시간 앞에서
허물을 벗고 날고 싶었다

조금씩 열리는 생각의 틈으로 비춰지는 빛
가시에 찔리는 고통을 견디며
떠나는 먼 길

돌아보면 따뜻하고 아련한 기억
세상과 만나
은은한 향기 되었으면 좋겠다

차 례

1부 수타 짜장면

2부 연필을 깎으며

3부 바다가 그립다

4부 흰선인장꽃

1부

수타 짜장면

김치처럼

인삼 닮은 무를 다듬는다
미움의 털 잘라낸다
벌레가 갉아 먹은 마음까지도 떼어내고
공평하게 네 동가리로 나누는 칼날
하얀 속살 묻어난다
검은 응어리로 가득한
때 씻고 또 씻으며
보얗게 살아나는 무를 본다
언젠가 나도 무색의 시간이 있었지
살아서 팔팔하던 패기 억누르던 소금
나이에 걸맞게 숨을 고른다
찰기 넘친 쌀알들 으깨져
비명 지르는 둥근 양푼 속
찐득하고 부드러운 풀기
한 세상 늘어질 시간쯤
고춧가루 새우젓 마늘 생강 으깨어
하얀 무와 푸른 무청 범벅이 되면
잘 생긴 총각들 당당하게 세상을 걸어간다
베란다에서 곰삭아 가는 묵은 항아리

하루 한 번쯤 조바심 나게 얼굴을 내미는 햇빛에
미움을 꾹꾹 다져 넣고
미칠 듯이 답답한 응어리진 시간들
무같이 마음을 눅이며
아린 생강 맛처럼
곱씹어가는 내 삶

수타 짜장면

얼마나 자신을 내리쳐야만 하는가

비가 들이치는 변두리 중국집
나는 더운 면발을 쫀득쫀득 잘라
목구멍으로 밀어 넣고 있다

뒤틀린 채로 힘껏 내리치는 힘에
목숨은 모질게 악을 쓰고
뜨거운 솥에 패대기쳐진 면발
차갑게 사지를 펴는
당당함

공장의 굴뚝이 하늘로 치솟아 있던
사거리 건너편 여성회관 식품부
구석진 탁자에 앉혀진 어린 나에게
짜장면을 내밀던
흰 두건 쓴 여자를 사랑했었다

잔인하도록 아름다운 열아홉

쳐다볼 시간도 없이

자신을 내리쳐야만 쫄깃한 맛이 된다는 것을
생각할 겨를도 없이,
젓가락을 빨고
그릇을 하얗게 핥고

후려치며 홀로 짜장면이 되어온
그녀가
봄비 맞으며
검은 옷 입은 외동아들의 배웅을 받던 날

춘장에 빠진 양파처럼
나뒹구는 울음만 자꾸 삼키고

아구찜

어시장 골목 좌판마다 험상궂은 모습으로
욕심 많은 그 큰 입으로
닥치는 대로 배를 채웠을 녀석
누가 녀석을 생선이라 했는가
배고픈 시절 우리의 식성은
녀석이 헤엄치던 바다를 돌고 돌아
겨우 소금 간하여 찌고 끓였을 뿐인데도
사치라 여겼다
아직도 욕심을 버리지 못하는 녀석에게
콩나물로 재갈 물리고 고춧가루 풀어
세상의 양념 쏟아 부으면
욕심은 범벅이 되어 땀으로 흘러내린다
입맛이 없어 가시가 돋는 날
하루의 피로를 잊는 소주가 생각나는 날
맵고 짜릿한 녀석이 유혹하면
입안의 행복을 바꾸는 데
탐욕의 시간은 걸리지 않는다
잔챙이들을 향해 소리치는 녀석의 입처럼
시원하고 얼큰한 입으로

허기진 배를 달래며
오동동 거리가 살아가는 이야기로 얼얼하다

사과를 깎으며

사과를 깎는다
모양낼 줄도 모른다
껍질째 먹던 어린 시절이
칼날 세우고
살점 달아나지 않도록
색종이 띠를 잇던 초등학생처럼
정갈하게 사과의 몸을 벗겨간다
가족이 둘러앉은 방안
한 바퀴를 도는 동안
껍질은 온몸으로 단맛을 토해내고
만국기 흔들리던 운동장에
마지막까지 아름답게 흩날리던
오색 색종이가 된다
사과를 깎던 나는
운동장 옆 사과밭의
노을까지도 깎고 있었다

바닷가 빵집

비가 오면 그대가 생각나고
눈이 오면 더욱 그리워져서
찬바람 끌어안고 부풀어 올라
작은 섬들이 소꿉놀이하는
바닷가 빵집
둥글둥글 웃으며 살자고
연인처럼 다정한
김이 나는 솥 두 개
시커먼 보리빵이면 어떻고
뽀얀 밀가루 빵이면 어떠랴
팥소 많고 적당히 부풀어
배부르면 되는 삶 아닌가
입안이 따뜻하고
차가운 가슴이 따뜻해져
바닷가 바람마저 따뜻한
너
갈탄 난로 위 고구마는 덤이라
파도가 시샘하듯 방파제에 부딪친다

뻥튀기

골목엔 흥부네 식구들이 모인다
변두리 텃밭에 심은 박씨
주렁주렁 열리도록 물을 주고 풀을 뽑았지만
몇 개 달린 조롱박
솥 걸고 삶고 하얀 속살 파내는
그들의 가을이다
앞 동네에 공사 중인 고층 아파트
놀부네 것이라고 해도
뻥 하고 복권 당첨된 사람 있다고 해도
둥근 솥에서 솟아오르는 김
신나는 아이들 또랑또랑한 눈 속으로
하얗게 쏟아지는 금은보화
엿과 함께 버무려지는 쌀 튀밥
추석을 앞둔 흥부네 식구들
귀를 막고 행복하다
뻥이요

호떡집

붕어빵집 옆
뿌연 연기의 리어카엔
줄을 서서 사람들 기다리고

반죽을 떼어 손에서 추위를 굴리고
더운 속을 채우고
철판 위에 놓으면
동그란 채가 누르고
중간중간 뒤집히다가
한쪽으로 밀어놓으면
오백 원 동전은 스스로 통에 들어가
쨍그랑

종이컵에 이마를 맞대고
겨울을 호호 부는
호떡집

아르바이트하는 아들을 기다리는 동안
발을 구르며 추위를 이기는 동안
나는 호떡이 되었다

배추밭에서

비를 맞아 초록이 짙은 고랑
다리에 쥐가 나도록 어머니는
웃자란 것을 뽑아낸다
더 크게 놔두고 볼 일을
애써 뽑아낸다
김치가 모자라는 것도 아닌데
어머니는 뽑고 또 뽑는다
남아있는 것들에 대한 배려인가
두고 볼 수 없는 분노인가
뽑혀나가는 슬픔도 모르고
뿌리 뽑힌 자리마다
잇몸 아물 듯 메워지는 가을빛
손길 닿을 때마다 행복한 배추

복숭아

구름 낀 날 경주 토함산 해맞이에서 본
발그레하게 수줍던 처녀
고향집 앞마당에 걸었더니
솜털 뽀송뽀송한 복숭아 되었네

시원하고 달치근한 털복숭아
바지에 쓱쓱 닦아 한 입 베어 물고 나면
어머니 손마디 같은 씨 혀끝에 오돌토돌
떠도는 삶을 문지르네

잇자국 남은 반쪽
약속처럼 냉장고에 두고 아꼈더니
향기와 수분 날아가고
삽작에 나와 기다리시는 어머니 모습 되었네

비빔밥을 먹으며

비빔밥이 메뉴인 구내식당에서
교생 실습 나온 제자가
저를 아시겠어요, 한다
끝내 떠오르지 않는 이름
더운밥에 나물을 넣고
달걀 후라이 얹고
고추장을 퍼 넣는다
봄에 만나는 사람들
봄에 만나는 나물들
봄기운 가시기 전에
붉은 향기에 범벅이 되어
또 다른 봄을 기약하고
냉이와 고사리 취나물 햇살에 기지개를 켜는 사이로
땀을 훔친다
이름을 불러주기를 바라는 그들을
오늘은 기억하지만
내일은 잊기로 한다
교생 실습 나온 제자의 제자를 위해
언제까지나 기억해주기를 바라는 해바라기가 될지라도

철저히 잊기로 한다
그대도 언젠가 나처럼
더운밥에 나물을 넣고 고추장을 퍼 넣으며
세월을 비비고 있을 때가 있겠지

고택에서

그대의 시간은 가고 있는가
나의 시간은 멈춰 있다
황토 담장 곁으로 홍매화 심어
안방마님 양산 꽃무늬처럼
붉게 꽃 피우리라

서까래 사이에 부지런히 집 짓는 개미
문풍지 바람에 놀라서 달아나는 모습 보고
마당 한켠 터 잡은 잡초와 친구하며
대청마루에 걸터앉아
삼복더위 매미 소리 들으리라

담장 너머 욕심껏 입 벌린 밤송이처럼
황금 들녘에 우쭐댈 허수아비 옷 짓고 나서
붉은 감잎 하나 툭 떨어질 것 같은
장독대 옹기들 가지런하게 정리하고
오래된 장맛 보며 높은 하늘 우러러보리라

그대의 시간은 가고 있는가

나의 시간은 멈춰 있다
창호지 곱게 바르고 꽃잎 넉넉히 넣어
햇볕 가득한 마당에 말린 문고리 잡고
눈 덮인 하얀 세상 바라보며 곡주 한잔하리라

밥솥이야기

아버지보다 덩치 커진 아들 공부하러 서울로 떠나고
텅 빈 듯한 저녁, 열 받아 부채춤 한바탕 추고 숨죽여 김
빼며 뜸이 들면 뱃살로 남는 압력밥솥, 어쩌다 식탁에
마주 앉은 우리 부부, 밥심으로 살아온 세월 스무 살 아
들의 나이만큼 사용해온 밥솥 큰 배 줄이지 못하고 칠흑
같은 어둠이 뿌려지고 천둥 번개 치던 날 부채춤 대신에
해소 기침 하시던 할머니처럼 불규칙한 기침과 헛소리
하며 설익은 3층 밥 토해내다가 뒷방 노인이 되어버린
우리 집 밥솥

백화점에 간다
두 사람 먹을 양이면 충분한 크기의
행복을 사러

헤라가 가는 길

1. 사랑의 지도

화면의 그림 속에 사람을 찾습니다
다섯일까
여섯일까
아니 아홉일까

손을 잡고 서로를 본다
법원을 나서던 어색함으로

당신은 시부모만 부모잖아요
시집왔으면 그래야 하는 것 아닌가요

전부 열두 명입니다
모두 찾았나요
보는 각도에 따라 다른 얼굴들
그래요, 어떻게 보는가가 중요합니다

멀리 떨어진 가족이 그리워
옆에 있는 짝지보다 더 달려가고픈 오늘
제우스 손을 꼭 잡고 있지만
대화는 해소 기침처럼 끊어졌다 이어지고
이어졌다 끊어지고

얼굴도 안 보고 결혼한 엄마 아빠는 잘도 사시는데
우리는 너무 많은 것을 알았다는 말인가요
알듯 말 듯한 의문들

당신의 바람기와
나의 질투가 만들어 놓은
사랑의 지도

2. 꽃보다 당신

나는 셋째 딸
당신은 셋째 아들
사랑받는 부모 슬하에 태어난 누이와 남동생

당신은 전쟁의 영웅이었지요
힘이 넘치는 박력으로 나를 끌어안았지요
세상의 안 되는 일이 없는 능력자

당신은 그 어떤 여성보다 아름다웠어요
빼어난 미모와 단아한 옷차림
흰 피부와 크고 검은 지혜로운 눈동자

그래서 우리는 부부가 되었지요

당신이 세상을 향해 불을 던지는 모습을 회상하고
당신이 풍만한 육체와 빼어난 미모를 이야기하고

당신의 바람기로 잠을 이룰 수가 없어요
당신의 질투로 일하지 못 했어요

아이를 낳은 칼리스토를 곰으로 만들어버린 당신
반가움에 달려드는 곰과 어머니인 줄 모르는 사냥꾼의 창

곰자리의 전설은 반복되고

어머니 레이와가 그리워 견딜 수가 없어요
아버지 크로노스도 보고 싶고요
나는 당신이 관심을 두는 여신이나 요정이 싫어요
업무상 만나는 것뿐이어요

마주 잡은 두 손에 쏟아내는 눈물
부부여정 프로그램
꽃보다 당신

3. 과제

뽀뽀하는 장면 스마트폰으로 찍기
오늘 밤 프로그램 과제입니다

당신이 작은 새가 되어 내 가슴에 안겨
약속했잖아요

아레스와 헤파이토스를 생각해요

꼬옥 손을 잡고 행복한 밤
되시기 바랍니다

나는 물 위를 걷는 것 같아요
나는 구름 위를 걷는 것 같아요
돌아보면 바보 같은 세월이었어요

누나의 사랑을 얻기 위한 당신의 끊임없는 고백

아니 된다고 흔들어대던 손사래
천둥 번개가 치고 비가 내리던 날
추위에 떠는 가슴에 날아든 한 마리의 작은 새

감사하고 사랑해요

칼로는 물을 벨 수가 없어요

바다를 건너오는 태양을 맞으러
아침에는
창문을 활짝 열겠어요

부부여정 프로그램
꽃보다 당신

헤라가 걸어간다
과제를 미루고 돌아서는 사람들 사이로

2 부

연필을 깎으며

애나 최

한국식 이름 최안나
미국식 이름 애나 최
어머니 손잡고 조국 찾은 여름 방학
자기소개를 영어로 하여
왁자지껄하던 우리반 아이들
느끼하고 어눌한 우리말 한두 음절에
함성을 지르고
혹여 표준어보다 사투리를 먼저 배우지는 않을까
국어 선생인 나는 염려한다
천천히 말하는 것으로도 모자라
영어 단어 섞어가며 의사소통을 하고
아이들과 재잘거리는 동안
중학교 1학년 아이가 되어간다
모국어의 바닷물에 젖어
열네 해 동안 꾸부러졌던
우리말 억양이 펴지면서
4주간의 청강聽講은 끝이 나고
우리말이 어려워요
영어가 더 쉬워요

해맑은 미소로 애나 최는
또 다른 세계를 향한다

월급날

어서 오십시오
원하시는 거래를 눌러주십시오

어머니가 정성을 다해 말려놓은
곶감 뭉치 몰래 빼 먹던 그 맛처럼
월급 통장은 비밀스럽게 달다

비밀번호를 누르십시오

어머니 치마에 매달려 듣던
쌀독의 바가지 소리처럼
늘 비어있는 통장
기계가 야속하기만 하다

찾으실 금액을 누르십시오
확인하십시오

명세서 한 장 흔들며 사무실을 나서도
오늘은 기분 좋은 날

탈의실에서

누군가가 보고 있다

더위에 지쳐
허물을 벗듯 옷을 벗는다
벗다가 벗다가 보면
더는 벗을 것이 없다

그래도 무엇이 남아 있는가
거울을 본다

배꼽 주변의 알량한 욕심들
뱃살로 살찌운 것뿐인데

보려고만 하는
누군가가 있다

잠꼬대

골목 귀퉁이에서 채소 실은 트럭
가을볕에 낮잠 자고
확성기 소리의 주인은 코를 곤다
동네 노인
장기판에 머리 박고 손을 떤다
요즘은 장사도 안 되고 사는 일이 왜 이런지
차를 들고 장군을 외친다
한숨 소리에 모여든 구경꾼
응원군 얻은 듯이 멍군을 외친다
영감님 졸로 피해야지요
누가 장기를 두는지 모르겠네
새벽잠 설치며 떼어온 채소들 시들어 가고
확성기 소리 목청을 높인다

옥상풍경

대머리 아저씨 이마 톡톡 쪼아놓는 햇볕
고추 심은 나무 상자의 물 먹고
빨래들이 흘리는 땀 먹고
노랗고 파란 물통 낳는다

한때 날지 못하고 서 있던 잠자리 모양의
텔레비전 수신 안테나
자리다툼에 밀려 매미 소리 따라 날아갔다

갈증 느끼다 울음을 터트린 화분 속 꽃망울
서늘한 바람 이고 햇빛 쫓아서
난간에 까치발로 머리 들고
도시의 골목 내려다본다

숨이 막혀 갈 데 없는 가스통 하나
잠적할 줄 모르는 시대의 뻔뻔스러움으로
주인을 누르고 숨어 있다

개인택시 기사, 최씨

소쿠리 속 모과 두 개
산책하는 부부 같다

마비된 반쪽의 최씨
동네 한 바퀴 돌다가
손에 잡힐 듯 띄엄띄엄 다가서는 모과나무 보고
평생 몰고 다닌 택시 다시 핸들 잡던 날

벌레 먹은 검은 상처
울퉁불퉁 부기가 빠지지 않은 얼굴
아득한 향기로
세상을 조심스럽게 걸어가고 있다

뒤 꼭지에 붙어 흔들리는 흰 머리카락
전생의 업보처럼 최씨의 이마에 흐르는
노동에 찌든 땀 같은 모과 진
모과나무는 바람처럼 알고 있다

달리는 차 안에 갇혀 향기 내고

지상으로 활보하고 싶은 모과 두 개
온전하지 않은 향기
평화롭다

비로소 나무 위에 둥지 튼 새도
창공을 향해 날아간다

곽영찬

그류–
좋지유–

맞지유
개갈 안 나유–

괜찮아유–
냅둬유–

사무실엔 고장 난 전등이 깜빡깜빡

도대체가 옳은 건지 그른 건지
구분이 안 간다

구내식당에 가면
메뉴판을 보고는

오늘은 칵
영 찬이 없구만유–

오늘은 칵
영 찬이 있구만유-

식당엔 봄나물들이 고춧가루 사이에서 까르르

답답하고 속이 터지다가도
까르르

봄

그대가 떠난다기에
터미널에 간다

하늘을 덮은 황사
소리 없이 추억을 덮고
그대 눈이 비치는 차창으로
죽어 가는 벚꽃 송이들
떠나는 버스에 앉아
잡아끄는 바다를 뿌리치고
짠맛의 세월을 털며
그대가 간다

어린아이처럼 손을 흔드는 가로수
거침없이 밀고 오는 바람

지하상가의 얼굴 없는 마네킹
옷을 갈아입는다

공원 우체통

직박구리 구애 소리만
쌓이는 공원 우체통
우체부는 다녀가지 않는다

발그레한 가지 늘어뜨리고
일상의 아침을 부치는 이는
등산복 차림이다

벚꽃은 눈처럼 쏟아지는데
공원 벤치에서 쉬고 있는 봄
봄이 아니다

버들 벚꽃 지치고
짝을 찾지 못한 직박구리
목이 쉰다

1원짜리 동전

돌고 돈다고 돈이라 했다던가
정리하던 서랍에서 굴러 나온 녀석
초등학교 1학년 소풍날 아침
맛난 거 사 먹으라고 아버지가 주셨던
1원짜리 동전
하얀 십 리 사탕 열 개로 빛나고
단맛에 들떠서 백 리 천 리를 걷는 동안
나무도 숲도 보이지 않고 안개만 자욱했지
찌든 때 끼고 검게 그을린 삶 살면서
티끌 모아 태산을 외치더니
어느 날 자취를 감추고는
오래된 친구처럼 나를 놀래킨다
둥근 모양의 얼굴이 유독 귀여워
사탕 나눠 먹던 녀석의 고사리손이
내 손에서 무궁화꽃 활짝 핀 채로 웃고 있다
돌지 않는 것은 돈이 아닌 게지
역마살 낀 나는 돌고 돌아도
돈이 되지 못하고
돌다 보면 더러운 것 묻히고 다닌다고

집집마다 돼지저금통에 갇혀 있으니
욕심 없던 손에서 허영이 자라고
태산이 되지 못한다
세금고지서의 1원은 받지도 않는
독한 바이러스 만나 재채기를 하다가
문득 펴든 손 안의 너
손에 잡히도록 생생한 소풍날

긍정

베란다에 앉아 차를 마시며
과일 장수 트럭이 들려주는 음악을 듣고
귀농한 시인이 보내온 시집을 읽는다

담배에 불을 붙여
어린 시절로 빠져든다

입에 문 담배가 감각이 없다

아, 재가 떨어졌다
탁자에 깔린 묵화가 그려진 다포
떨어진 검은 점 하나

기러기가 날고 산 아래 초가는 한가로운데

아내의 지청구는 잊고
무릎을 쳤다
그랬구나

그래, 달이 필요했던 거야

갤러리에서

성덕대왕신종 비천상처럼
모르는 너와 함께
나는 액자에 갇혀 있다
조명 빛이 뜨거워 나갈 수 없다
옷을 입었는지 기억조차 없다
땀으로 축축이 젖은 머리카락 사이로
음악은 바닷가를 거닐다가
시를 읽고 읽는데
언어의 조각들은 타종을 시작하여
운무 자욱한 산사에 오르고
대웅전 풍경이
해를 산에 걸어놓는다
덤벼드는 파도
포효하는 호랑이
놀라서 눈을 뜨는 거울 속의 너
태극문양의 눈이다
마르코 샤갈의 그림처럼
파블로 피카소처럼

어름산이

너는 부채를 흔들며 균형을 잡고
떨어지지 않는 법을 터득하며 살아왔지
때로는 뒤로 때로는 앞으로
때로는 하늘로 솟구치면서
떨어지는 법이 없었지

나는 산받이가 되고 싶었지만
현기증이 나더군

소리는 원을 그리는데
하늘을 가로지르는 줄
북소리 둥둥 5월의 숲 울리면
뭉게구름 잡고 하늘을 나는
나비가 되곤 했지
너는

꽹과리
징
장구

북
돌고 돌아 원을 그리는 풍물소리

무슨 산받이가 필요하겠는가
외줄은 너만 타는 것이 아닌데

사람들과 부대끼는 줄
늘 끝이 아니고 시작이라는 것을
너의 장단은 알려주고

이제 너처럼 앞으로 나아가기를
때로는 한발 물러나는 여유를
떠돌이로 살아가는 법을 즐기면서

연필을 깎으며

여자의 얼굴에
그림을 그린다

맑고 투명한 눈이 필요할 거야
도톰한 입술 매력적일 거야
오똑한 콧날 세상의 기준이 되겠지
부드러운 턱선 살려야 아름다워지지

날이 선 칼
여자를 조각한다

날렵한 허리의 곡선도 만들고
탄력 있는 둔덕도 만들다 보면
여자의 향기에 취해
칼질을 멈춘다

하얀 백지 위에 쏟아지는
검은 진실

삶의
부제를 달고 싶지 않다

햇빛사냥

한여름 옥상, 뉴질랜드에서 온 원어민 강사 랜이 점심을 먹고 홀로 사냥을 한다 햇빛이다 사냥터는 한산하다 매서운 눈초리로 사방을 두리번거리다가 목표물을 향해 자리를 잡는다 총도 쏘지 않고 뛰지도 않고 열중한다 얼마나 큰 녀석과 씨름하는지 웃통을 벗어 던진다 그러나 이내 지친다 눈이 감기려고 한다 사냥에 실패한 모양이다 늘어졌다

한겨울 눈 속에서 토끼를 사냥한 적이 있다 친구들끼리 원을 그리며 토끼를 몰아가다 넘어지고 눈 속에 파묻히고 날렵한 토끼는 눈앞에서 사라졌다 포수의 총성처럼 친구는 땅을 치고 햇빛만 의기양양했다

나는 그늘에서
그녀가 놓친 사냥감에
나를 말리고 있다

3부

바다가 그립다

대설주의보

산을 넘는 데까지
비가
온다

그칠 기미가 보이지 않는
비가
산을
넘는다

퇴직한 동료가 타던
낡은 자전거처럼
차는 산을 넘고

등산복 차림으로
도로를 허우적거리고

영구차들이
줄지어 온다

하얗게 새하얗게
하나같이 흰 국화 송이를 뒤덮어

꽃은
비보다 크게
내린다

길, 경계가 없다

운무가 계곡을 덮고 있다
비에 젖은 꽃상여
어깨 위에서 삶의 무게 짓누르고
북망산천 향하는 요령잡이 구슬픈 가락
발을 맞춘다
어린애처럼 이승의 마지막 밤 보낸 친구 어머니
만장기 앞세우고 먼 길 떠나고 있다
비로 퍼부었던 슬픔 그치고
발아래 마을 품에 안은 흰 구름
눈시울 불거지도록 서러운 황토
기울어지는 상여 부여잡고
어야 어야 어야
가쁜 숨소리로 막바지 힘을 낸다
우리들의 어머니
사진 속에서 환한 미소로
니, 내 가리지 않던 코흘리개들 바라보시는데
숨을 죽인 요령소리
하관 시간에 맞춘 걸음이 빨라진다
진흙에 빠진 발 떼어 죽음을 내려놓는 순간

경계가 없다
운무는 서서히 산 위로 올라간다

운무

　고향의 초가집 굴뚝에서 저녁연기가 피어올랐지 어머니의 바쁜 손길 중 하나가 청솔가지를 아가리 크게 벌린 아궁이에 채우는 거였지 숨이 막혀 재채기를 하며 한숨으로 뿜어 나오는 녀석들, 너무 많이 먹으면 탈 난다는 이치를 모르는가 주는 대로 다 먹으면 배탈이 나는 법, 어머니는 왜 아궁이에 청솔가지 밀어 넣는 것일까 굴뚝이 터지도록 외치던 청솔가지 고함 통째로 삼키며 구들장 달아오르던 밤 달이 휘영청 밝았지

　동네 방역차 따라 꼬마들 골목을 달리고
　강아지도 덩달아 따라가고
　비 개인 날
　산에 간다

바다가 그립다

운동장 조회 시간에는 바다가 보이지 않는다
키 큰 아이들이 바다를 막고 있다

교실에서는 바다가 보이지 않는다
고층 아파트가 바다를 막고 있다

집에서도 창밖으로 바다가 보이지 않는다
삼 층 집들이 바다를 막고 있다

바다가 좋아서
바다가 좋아서
바다가 보이는
전셋집을 찾아
난 자꾸만
산동네로 이사한다

매미가 아파트로 온 것은

아무도 모를 것이다
노래하다 지쳐서
누군가를 사랑하다 지쳐서
나무를 잡은 손 놓아버리고
길가에 추락한 것을

아무도 모를 것이다
더위에 미쳐 물소리 잊고
바람 소리 잊고
어디로 가는 줄도 모르고 가다 보니
어느 집 불빛에 끌려 방충망 뚫고
에어컨에 붙은 것을

아무려면 어떠랴
죽도록 더운 이 더위와 운명을 같이 해야 한다면
꼬깃꼬깃 접어 속곳에 넣어두었던 일들 잊어야 한다면
이제라도 늦기 전에
아파트가 무너지도록 울어대련다

아무도 모를 것이다
애벌레 시절 발버둥 치던 날갯짓 잊고
시원한 나무그늘 잊고
누군가의 손에 잡혀
내 삶을 체념하다가
부활을 꿈꾸다가
선풍기 바람 쏘이며 아이들과 노는 것을

일출

바다에 떠오른 달걀 프라이 한 접시
요기를 한다

꼬끼오
바다를 건너오는 닭

이글거리는 붉은 벼슬
혓바닥 같다
몸속까지
뜨겁다

꼬꼬댁
구구

오일장 삼십 리 길
달걀 한 줄

고무신 두 켤레 맞바꾸고
십 리 사탕 입에 물면

푸른 밭을 헤집는
부지런함으로

꼬꼬댁
꼬꼬

산에 걸려 있는 달걀 프라이 한 접시
물 한 모금 먹고
시작이다

꼬꼬댁
구구

퇴행성 관절염

고사리 꺾으러 산에 가서
고사리는 꺾지 않고
할미꽃 한 뿌리만 캐왔다는
어머니

다시 못 볼까 봐
아픈 무릎 움켜쥐고
꽃만 캐 왔다는
어머니

한 평도 못 되는
담장 밑에
자줏빛 한복 입은 할머니처럼
고개 숙인 꽃 한 송이

보고 싶을 때 보라고
할미꽃은 말하는데
무릎이 아프다

고개를 숙이고
허리를 숙이고
할미꽃을 닮아가는 어머니
영락없는 할미꽃

털신들

통나무가 통째로 넘어간다는 것
무게를 이기지 못하고 통째로 넘어간다는 것
참말로 믿을 수 없는 눈
눈은 넘어가는 나무를 바라볼 뿐

참깨 닷 되 이고 장에 가던 날
보름 남았다고 좌석마다 인사를 건네던
어르신 백수잔치
버스는 덩달아 신이 났는데

효부로 소문난 은산댁이 며칠째 보이지 않고
국화 송이 같은 눈을 덮은 차가
두 대나 사라진 내리막길
바퀴 자국이 그어놓은 평행선은 희미하다

하늘도 야속 허구먼
낙락장송 넘어간 겨

창밖에 대고 아산댁은 중얼거리고

평행선이 만나는 아랫마을 기와집
참말로 믿을 수 없는 눈
눈은 넘어가는 나무를 바라볼 뿐

짝이 맞지 않는다고 투덜대던 남원댁
신발 문수 맞춰 짝을 찾는다
마을회관 털신들

수도원에서

발걸음 소리조차 조심스럽다
안개가 자욱한 숲이다

커다란 나무 비껴가는 어둠의 켜
작은 나뭇가지에서 흔들리고
바람으로 다가오는
새벽

크리스마스트리 환한 시청광장
선거유세로 떠들썩한 광화문 광장
덕수궁 돌담길 연인처럼 팔짱을 끼고
아직도 잠들어 있다

미끌미끌하게 남아있는 지난밤의 취기
미끄러져 가는 어딘가
천상의 소리 울려 퍼지고

덕지덕지 달라붙은 습기
돌계단에 내려놓는

발아래 불빛들

안개가 자욱한 숲이다
고요를 걸어간다

콩밭

가로등이 꺼져 있다

콩밭 옆 비좁은 길
밤새 달려온 불빛
눈꺼풀이 무겁다

외국 여행을 다녀온 조카들
두 팔 벌린 할머니 품에 안기는
시골집 마당

– 길이 어두워요

고요 속에 빠뜨리는
어둠 속
저 별들

– 전기 아끼지 말고 환하게 사세요

– 애낀다고 허냐

– 저 콩들도 잠을 자야 안 되냐

자식들 잠 깰까 봐 걱정하시던
내 어린 시절 어머니

나도 한때 콩이었을
콩밭에서 잠을 자고 있었을

콩들이 잠자는 밭 언저리
깊어가는 줄 모르고
반가움이 넘쳐나는 고향집

닭과 코스모스

닭이 코스모스 꽃잎을 쪼고 있다
꽃잎에 붙은 이슬은 엄살을 부리고
아버지는 냉수를 찾으신다

장날 아버지가 사오신 폐계 다섯 마리
장닭에게 쫓기다 밭을 배회하고

폐계를 사왔다고 다그치는 어머니
술에 취해
몰라도 된다고 하시는데

감춰두었던 비밀을 꺼내듯
알듯 말듯 해맑게 웃는 코스모스

모이를 열심히 쪼으면 된다고
알만 쑥쑥 쏟아내면 된다고
무엇이든 버리지 못하는 아버지

대추나무에 걸린 해

빛깔 곱게 이글거리는 청잣빛 접시
종종걸음 뒤뚱뒤뚱
꼬끼오
물 한 모금 먹고

코스모스는 별들을 털어내고
첫차가 지나는 소리 듣는다

껍질을 깨면 알까
술이 깨면 알까

기원棋院에서

배가 터지도록 밀어 넣은 갈탄
죽는다고 토해내는 연기
창문 열고 눈물을 쫓아버린다

비키니 수영복 아가씨
누더기 벽지 속에서 웃고 있는
변두리 기원

한때는 떵떵거리고 살던 서울의 장씨가
바둑판 앞에서 장고를 하고
담배가 탄다

마지막 남은 자존심
손수건으로 가릴 곳만 가린
술 회사 달력

종이 불쏘시개로
죽다가 살아나는 불
난로를 닦달한다

그래
죽은 말도 사는 수가 있는 법이지

끝나지 않은 달력 속 아가씨의 유혹
장씨의 손은 떨리고
돌이 귀에 치중을 한다

그의 돌이 살아가기를 바란다
나는 손을 빼고

구멍 난 양말

창호지 구멍으로 내다보던 세상
만물상 아저씨의 트럭
발 냄새 제거제부터 등산용품까지
없는 것 빼놓고 다 있다
계절 좋은 때에 콧구멍에 바람 쐬러 가듯
한 번쯤은 밖을 내다보고 싶은 마음에
망원경 사 들고 신기해한다

얼마나 갑갑했을까
세상 구경하고 싶어
내 발가락은 꼼지락거리고
창녕시장에서 만원에 스무 켤레 하는 양말도
아저씨 보따리 보따리에 갇혀
내 발가락에 숨 쉴 여유도 주지 않고
바깥 구경에 몸살이 나서

얼음지치기 팽이치기에 홀려
발을 동동 구르다
논두렁 불에 뼈대만 앙상하던 날

등잔불 아래 바늘귀 꾀던 어머니의
마술에 걸려 갇히고

설빔으로 양말 하나 얻고 즐거워하던 이후
내 발은 그 양말에 혹사당하고
이제야 겨우 세상살이 맛 들였건만
꼭꼭 싸서 감추고 감추며
노동의 땀 흘리게 하는 너에게
나는 너무 가혹했었나

교실의 밝게 웃는 아이들
세상 속으로 나온 나의 발가락
부끄러움도 모른 채 신이 나서 오뚝하다

자반고등어

자반고등어 한 마리
청정해역 헤엄치던 날렵한 몸매
풀어헤치고 편안하게 누워 있다
침을 삼키는 아이들 따라
눈동자가 사팔뜨기처럼 돌고 돈다
아홉이나 되는 새끼들 끌고 다니던 젖 냄새
방 안 은은하게 퍼지고
일상의 밥상 앞에 모여든다
그물 안에서 부딪치는 고통이 삶이었고
소금에 절여지는 쓰라림이 삶의 전부였고
불판 위에서 구워지는 뜨거움이 사랑이었다
젓가락으로 헤집고 파먹는 모습
보는 것만으로도 즐거운 일
속으로 속으로 삼켜야 하는 아픔
온화한 모습의 머리마저도
어두육미라며 주워든다
고소하게 부서지는 행복
뼈만 앙상하게 남은 접시 언저리
아, 당신이었구나

로또 복권을 사며

감나무 하나 없는 아버지
아버지가 무서워 말도 못하고
아랫집 감나무 아래 서서
홍시 하나 떨어지기를 기다린다
꿈에도 감나무 아래 서 있던 나
아버지가 돌아오시는 시간
감나무 뒤 두엄 너머로 숨어야 했다
주인집 홍시 망태가 긴 팔을 뻗어
까치가 파먹다 남은 것까지 따 가고
잎 하나 툭 날리면 거기
가을 하늘이 있을 뿐
홍시는 없다
좌판에 줄을 선 홍시 옆으로
감나무 아래 서 있는 꿈을 꾼다

4 부

흰선인장꽃

유자나무

햇빛이 주차중인 차 유리에 부딪혀
메아리처럼 되돌아오는 베란다에서 차를 마신다
유자향이 시집을 읽는 동안

배 곯던 나무 물로 허기를 채우며
무성한 가지와 잎으로
욕망을 분출하고

성장의 미래를 보고
가지를 아낌없이 쳐주어야 한다고
음식점 주인, 창틀의 분재 쓰다듬는다

아, 그랬다 나는
지금까지 시를 쓰면서
가지를 버릴 줄 몰랐다

사족을 움켜쥐고
가지 사이에 돋아나는 가시처럼
본능적 방어를 하고 있었다는 사실을

집에 돌아와 유자나무를 본다
기가 살아 넘치는 가지를
칼과 가위로
잔인하게 잘라내기로 했다

아름다운 유자 향으로 다시 태어나기 위해
나의 시를 자르고 버리기로 하였다
붉은 피가 쏟아져 흥건히 고이도록

흰선인장꽃

달빛 속에 속살 내놓고
목욕하는 처녀를 숨어서 본 일이 있는가

아직도 그리운 꽃
보려고
밤을 새운다

터질 듯한 그리움
꽃이 되는 그 밤의 황홀함을
나는 기억하지 못한다

며칠째 그녀는
젖몽우리 곧추세우고
새하얀 드레스를 꿈꾸며
사탕처럼 달콤한 행복을 기다린다

신데렐라 기다리다 지친
닭 우는 소리
퍼뜩 깨어나 다가가니

가시만 무성하다

애타게 기다리는 사랑
꽃이 되는 그 밤을
나는 모른다

배시시 잠 깨면
밀려오는 자욱한 안개, 안개
가시에 찔려있다

화투

공주에서 칠갑산 가는 국도변
황금색 털신이 하얀 눈을 찍어 나르는
마을회관 경로당

원이 되는 사각 군용 담요
쪼글쪼글한 얼굴
뽀글뽀글한 파마 머리카락
하얀 웃음으로 둘러앉았다

손때 묻은 동전의 양면처럼
뒤집히고 반복되며 살아온 세월
짝을 맞춘다
다보탑이 그려진 10원짜리는 짤랑대고

길고 긴 눈빛 두리번거리면
임이라도 볼까
설레는 가슴 깊이 패를 감추고

아랫마을 김영감 눈 쌓인 저승길

노자라도 보태야 하는데
뭘 내야 하는 겨

털신의 눈을 녹이던 괘종시계
햇볕을 물리고 종을 친다
얼릉 넝겨 봐유
방바닥이 뜨겁다

보리밭 지나며

돌을 던지고 또 던졌었지

머리에 붉은 꽃 꽂은 여자애
진초록 한복에 배시시

요양병원 옆 청보리밭
햇빛이 흘러 눈물이 뜨거운

침 뱉지 말라 했는데

붉은 양산 속 깜부기
밭 가운데 서서

제 키 높이로 자란 보리 이랑
유채꽃은 춤을 추었지

울지 말라 했는데

자꾸만 멀어지는 꽃을 향해

돌을 던졌었지

직선으로 난 밭길 건너
미쳐가는 자동차의 질주

입에 손가락 세우고 비밀이라 했는데

보리밭에 퍼지는 노을처럼
병원 유리창에 반짝이는 햇살이 되어

머리를 움켜쥐고 춤추던 유채꽃
여자애가 울다 지친 보리밭

감나무 치매에 걸리다

열리지 않은 것이 다행이다

장대 끝 주머니가 낚아챈 노을
줄줄이 깎아 추녀 끝에 매달아
감미로운 향기 진동하던 그해

가지 끝에 매달린 붉은색 전구
깜박이며 경고하는 환절기
깨어진 홍시, 머리를 적시는
구급차 소리

까치가 파먹고

울타리에 우뚝 선 감나무
주렁주렁 피웠던 감꽃
태풍이 지나간 후 축복처럼 쏟아졌다

재래시장에서 감을 사며
참으로 잘 됐다고 중얼거리고

감이 없다
입원하여서도 주사액 떨어지듯 걱정하는 곳감
해거리의 고통스러운 치료가 시작되고

방금 한 음식을 찾느라 정신이 없던 어머니처럼
감이 열리는 것을 잊어버렸다

귀향歸鄕

들국화가 머리를 맞대고
도란대는 도시 변두리 둑길에
나비 한 마리 하얗게 죽어서
개미들이 상여를 매고 간다

곡소리 없어도
행렬은 장엄하다
참아내는 슬픔이 북받쳐서라도
드문드문 산자락에 눈물 뿌릴 만도 하건만

흙을 밟으며 살아야 한다
흙냄새 맡으며 살아야 한다
평생 밟은 땅으로 돌아가던 날
그 말씀처럼

꽃을 찾아 나섰던 나비가
나비가 간다
누군가의 밟힘으로 날개가 부러지고
모르는 사이에 잊혀지는 사이에

상여를 덮은 하얀 꽃잎들
할아버지 수염처럼 흩날리는 억새풀 너머로
나비 되어 나비 되어
훨훨 날아간다

가을 산행

불이다
사람들 거리로
산으로 불구경 가고
담뱃대에 불 댕기며 연기에 갇혀버린
할머니,
골목에서 휴지 주워 주머니 불룩하게 채우고
학교 앞에서 지팡이 의지하여 쪼그리고 앉아
귀가하는 아이들 바라보며
알 수 없는 말로 아이들 시선을 끌더니
가을엔 낙엽 주워
이부자리 밑에 깔고
밥 먹고 돌아서서 밥 달라며
며느리 눈물을 보시던 할머니
단풍잎 되어 훌훌
개울물에 떠가고
어젯밤 별빛 따라온
이슬방울들
이승의 발자국으로 내려와
가을 산행길

나무들 사이에서
고운 색깔로 잠들어
오래된 사탕 하나 입에서 녹는다

유채꽃 한 송이

고추 모종 근처 밭고랑
유채꽃 한 송이 피어 있다
풀을 뽑다가 손이 멈춰진다
초대되지 않은 노오란 꽃송이
푸른 새싹들 사이에서 쓸쓸하다

누가 불러주지 않아도
반갑게 맞아주는 가족이 없어도
이 집 저 집 기웃거리다가
뿌리내리고 생명을 잉태하는
그녀를 어찌 단죄하겠는가

빈집에 홀로 들어서던 유년시절의 나는
저렇게 밝고 화사하게 웃고 있었을까
밭고랑 저만치 건너간
봄
아지랑이 되어 산을 흔들고 있다

제비꽃

제비꽃 피어있는 산모퉁이
졸졸 흐르는 도랑물 폴짝 건너면

여린 바람에도 콜록대시던 기침 소리
산을 울리며 버선발로 뛰어오시어

쪽진 머리 정갈함으로 안아주시고는
도란도란 솔바람 붙들어 양지가 된다

옛날 애기 주섬주섬 담아 넣던
행상의 봇짐 내려놓은 당신

손자가 좋아할 사탕 사시고
차비 아까워 걸어오시던 그 날의 저녁처럼

당신의 치마폭이 그리워
산들바람에 덩실대는 제비꽃

등나무꽃

희수稀壽를 넘기고도
하늘이 두렵다며
땅으로 머리 숙여 각혈하다
얼굴이 창백해진 할머니

구부러진 허리 마디마디
발품 팔던 봇짐 속 물건들 주섬주섬
꽃이 피어
세월을 돌아보십니다

굴곡 많던 삶의 싹들
세상의 그늘 만들어
자손들 모아놓고
먼 산을 바라보십니다

갈 길이 멀어서
자꾸만 뒤돌아보시는 할머니
해소 기침에 꽃잎이 날립니다
축제처럼

돌담

이웃의 인심 넘나들어
태풍이 와도 단단하게 견디는
폭설이 내려도 무너지지 않는
할아버지 아버지가 쌓아온 돌담 위
한숨 푹 자고 늘어져 있는 호박
팔자 한 번 늘어졌구나
담벼락 아래 대책 없이 머리 들고
세상 구경삼아 오르던 시간
주렁주렁 열리는 자식들
담은 무너질 걱정을 하지 않았다
처음부터 누군가의 발에 차이는 신세였기에
무너져도 손해 볼 일 없는 돌이다
맨 아래 돌이 비뚤어져 있다 해도
대대로 쌓아온 땀의 가치가 지탱해주는
호박 무게만큼의 믿음이
가문을 지키고 마음을 이어가는 고향
돌담은 비를 맞고 있다

구두끈을 매며

마주앉아 보고 싶은 나룻배처럼
새로 사온 구두 두 짝
깔끔하고 가지런하게
아내의 마음 담아
세상을 저어간다

아스팔트
물 위를 달려
일상 속으로 향하다 보면
닻줄 풀고 항구를 떠나듯
삶의 고단함으로 구두는 끈이 풀린다

때로 풍랑을 만나고
암초에 부딪칠 것 같은 불안 때문에
세상에 허리를 굽혀
나의 마음까지 단단하게
구두끈에 맨다

미처 털지 못한 먼지

반짝이는 햇빛에 곰보처럼
덕지덕지 일어나는 아픈 기억
온전히 맡기면
거리는 나를 품에 안는다

휴대폰

편지 왔어요
아들 녀석 휴대폰 속 아가씨 친절도 하다
무슨 편지가 그리 자주 오는지
아가씨는 숨이 가쁘다

편지를 기다리던 때가 있었던가
녀석만 한 나이에
우체부 아저씨가 귀찮게 다녀가셨는데
요즈음은 우표 붙일 일이 없다

가는 정이 있어야
오는 정도 있는 법

진동을 미처 풀지 못한
손에 쥔 전화기
온몸 진저리치며 떨리더니
카드 결재일을 알려준다

상투와 무심 사이

김 문 주(문학평론가)

1.

생각한다는 것은 서로 다른 것들 사이의 연관성을 찾는 작업이다. 상이한 것들을 나란히 놓으려는 것은 자연스러운 인간의 본성이면서 인간을 다른 생명체와 구분시켜주는 능력의 원천이다. 어떤 사상事象에 관해 생각하는 것은 그 '무엇'을 다른 어떤 것과 관련짓거나 대비함으로써 그것의 자리를 만드는 일이다. 무엇인가를 규정하거나 설명하는 일은 다른 사상事象을 빌어 말하는 것으로서, 우리가 사용하는 언어는 본질적으로 서로 다른 사상事象들을 함께 묶어주거나 이러한 사상 간의 이동을 매개하는 기능을 담당한다고 할 수 있다. 이른바 언어의 관어적 기능은 이러한 인간의 사유 구조를 단적으로 보여주는 것으로써 인간의 정신 작용이 결합과 경유의 과정을 통해서 이루어지는 세계임을 웅변해 준다.

자유로운 상상력의 창구인 문학작품은 서로 다른 것들

사이의 연관성을 적극적으로 보장하고 격려하는 장(場)이다. 특히 시는 이질적인 것들이 서로 충돌하고 자유롭게 관계를 맺는 영역으로서, 평범한 일상에서 쉽게 경험할 수 없는 이질적인 사물들의 결합이 실현되는 세계라고 할 수 있다. 시가 지닌 매력은 노동의 일상과 현실의 논리를 넘어 이 세계를 이루고 있는 구성 요소들의 다양한 관계 양상들을 경험하는 데서 연유한다. 보이는 것과 보이지 않는 것, 현상 세계와 내면의 것들이 조우하는 이 장(場)은 극적이면서도 두렵고, 낯설면서도 생소하지 않은 세계이다. 일상에서 배제되어 있다가 불현듯 출현하는 이 세계에는 의식하지 못하고 있거나 혹은 의도적으로 망각하고자 했던 것들이 여러 형태로서 자신을 드러내는 자리이다.

『시학』에서 아리스토텔레스가 시인의 가장 중요한 능력이라고 꼽은 비유는 시적 발상과 언술을 구성하는 가장 오래되고 대표적인 시작(詩作)의 원리이다. 서로 다른 것들을 한 데 놓음으로써 거기에서 발생하는 운동력을 활용하는 비유는 시뿐만 아니라 인간의 사고나 언어 작용의 기본을 이루는 구성 원리이다. 비유가 시를 포함하여 인간의 사유와 언어의 기본적인 원리라는 것은, 어떤 것을 다른 것과 나란히 놓거나(竝置) 다른 것으로 옮겨가는(轉移/移動) 발상이 인간에게 지극히 자연스러운 사유 방식이며, 인간을 규정할 수 있는 중요한 자질임을 시사한다. 물론 시적인 비유와 일상 언어에서 구사되는 비유는 차이가 있고, 비유가 시적 성취의 높낮이를 가늠하는 중요한 기준이라는 점은 주지하는 바이다.

민창홍의 시집을 살피는 자리에서 비유에 관한 생각들을 새삼스럽게 꺼내놓는 것은 그의 시, 좀 더 확대하여 그가 본질적으로 이러한 비유적 발상에 속해 있음을, 아니 비유적 발상에 휩싸인 자임을 강조하기 위해서이다. 민창홍은 비유를 사는 자이다. 이는 그의 시가 탁월한 비유로 구성되어 있거나 비유의 새로운 차원을 개진하고 있음을 뜻하는 것이라기보다 비유적 발상을 원천으로 삼고 있다는 점에서 그러하다. 그의 시는 비유에서 기원한다.

자반고등어 한 마리
청정해역 헤엄치던 날렵한 몸매
풀어헤치고 편안하게 누워 있다
침을 삼키는 아이들 따라
눈동자가 사팔뜨기처럼 돌고 돈다
아홉이나 되는 새끼들 끌고 다니던 젖 냄새
방 안 은은하게 퍼지고
일상의 밥상 앞에 모여든다
그물 안에서 부딪치는 고통이 삶이었고
소금에 절여지는 쓰라림이 삶의 전부였고
불판 위에서 구워지는 뜨거움이 사랑이었다
젓가락으로 헤집고 파먹는 모습
보는 것만으로도 즐거운 일

속으로 속으로 삼켜야 하는 아픔
온화한 모습의 머리마저도
어두육미라며 주워든다
고소하게 부서지는 행복
뼈만 앙상하게 남은 접시 언저리
아, 당신이었구나

– 「자반고등어」 전문

위의 시는 밥상 위에 올라온 '자반고등어'를 통해 과거의 삶을 회상하는 작품이다. 이 시에서 '자반고등어'는 그것을 놓고 식사를 하던 어린 시절의 밥상 풍경을 떠올리게 만드는 매개물이면서 동시에 어머니의 삶을 환기시키는 사물이다. 유선형의 고등어 몸체가 "뼈만 앙상하게 남은" 해체 상태가 되는 과정은 어머니의 희생을 통해 얻어진 자식들의 성장사를 암시한다. 시는 가난한 유년기 식탁의 풍경과 그것을 바라보는 어머니의 모습, 그리고 어머니의 고단한 삶과 희생의 내면 등을 모두 한 자리에서, 동시에 형상화한다. 아니 형상화한다기보다 의식의 흐름대로 풀어놓고 있다. 시선의 이동이나 시간 혹은 서사의 경로를 생략한 채 시는 '자반고등어'를 둘러싼 화자의 내면을 고스란히 부려놓는다. 가난한 유년기에 대한 회억回憶의 정서, 밥상머리의 행복감, 어머니가 겪었을 신산함·고단함·충만감, 그러한 어머니를 회상하는 화자의 현재적 안쓰러움까지 이 시에는 서로 다른

110

이질적인 감정들이 한데 섞여 있다. '자반고등어'를 매개로 하여 시는 다양한 결의 감정들을 자유롭게 한 자리에 앉혀놓고 있는 셈이다. 시가 내면의 주관성을 가장 적극적으로 실천할 수 있는 1인칭의 장르임을 이 작품은 웅변적으로 보여준다. 대상에 대한 전적인 전유專有, 지극한 주관적 내면성의 시적 형상화는 민창홍의 시를 지배하는 가장 중요한 시작의 특징이라고 할 수 있다. 그의 시는 '생각하는' 시학이라기보다 '생각나는' 시학에 가깝다.

열리지 않은 것이 다행이다

장대 끝 주머니가 낚아챈 노을
줄줄이 깎아 추녀 끝에 매달아
감미로운 향기 진동하던 그해

가지 끝에 매달린 붉은색 전구
깜박이며 경고하는 환절기
깨어진 홍시, 머리를 적시는
구급차 소리

까치가 파먹고

울타리에 우뚝 선 감나무
주렁주렁 피웠던 감꽃
태풍이 지나간 후 축복처럼 쏟아졌다
　　　　　　　　　　　　－「감나무 치매에 걸리다」부분

이 시 역시 「자반고등어」와 같이 하나의 소재를 둘러싼 시인의 내면 의식을 한 데 엮어낸 작품이다. 이 시에서 '감'은 "추녀 끝에 매달아"놓은 곶감과 "가지 끝에 매달린" "깨어진 홍시" 2개의 이미지로서 형상화되어 있고 이 둘은 각각 어머니와 관련된 다른 상황을 내장하고 있다. 곶감 작업을 하시는 모습과 "치매에 걸린" 어머니의 근황이 '감'을 통해 조우하고 있다. 감은 이렇게 시인의 주관적인 체험들을 호출하고 소환하는 이미지, 나아가 시적 주체의 체험 자체를 직접 살게 하는 이미지로서 현전現前한다. 민창홍에게 시적 사물이 되는 대상들은 자신의 주관적 체험을 시적 현실로서 되살게 하는 직접적인 자양滋養이다. 이 작업은 그에게서 별도의 경로나 가공 과정을 거치지 않고 바로 체현된다. 그것은 민창홍의 시작 방법이자 그의 시가 현재 머물러 있는 지점으로 생각된다.

위의 시에서 "까치가 파먹은" "깨어진 홍시"는 형상 자체로서 훼손된 상태를 시사하고 그러한 점에서 치매에 걸린 어머니를 상징하는 내면의 이미지로서 자연스럽게 감수되지만, 이 시는 '감'을 중심으로 묶인 시인의 주관적 내면 이상의 어떤 것, 다시 말해 사적 내면의 지형학 이상을 결코 넘보지 않는다. 이는 그의 시가 사물 세계를 보는 시선이자 민창홍 시학의 관성으로 보인다.

불이다
사람들 거리로
산으로 불구경 가고
담뱃대에 불 댕기며 연기에 갇혀버린
할머니,
골목에서 휴지 주워 주머니 불룩하게 채우고
학교 앞에서 지팡이 의지하여 쪼그리고 앉아
귀가하는 아이들 바라보며
알 수 없는 말로 아이들 시선을 끌더니
가을엔 낙엽 주워
이부자리 밑에 깔고
밥 먹고 돌아서서 밥 달라며
며느리 눈물을 보시던 할머니
단풍잎 되어 훌훌
개울물에 떠가고
어젯밤 별빛 따라온
이슬방울들
이승의 발자국으로 내려와
가을 산행길
나무들 사이에서
고운 색깔로 잠들어
오래된 사탕 하나 입에서 녹는다

– 「가을 산행」 전문

앞에서 살펴본 두 편의 시에서 우리는 특정 사물과 관

련한 시인의 체험이 이미지를 중심으로 결합한 것을 확인한 바 있다. 밥상 위에 오른 생선에서 유년기의 가족사와 이와 관련된 어머니의 삶을 떠올리는 「자반고등어」, 곶감과 "깨어진 홍시"로서 어머니의 근황을 그리고 있는 「감나무 치매에 걸리다」는 사물과 체험의 내용 사이에 이미지의 격차가 비교적 가깝다. 이는 이미지와 그것을 통해 환기되는 내용의 상관성이 생활세계의 감성으로서도 충분히 받아들일 만하다는 것, 별로 낯설지 않다는 것이다. 아울러 그러한 시편들이 체험의 주관성을 자양으로 하고 있고 바깥을 향한 지향이 크지 않아 그의 시는 대체로 소박하다.

이러한 시편들보다 「가을 산행」은 좀 더 활달하고 중층적이다. 물론 이 작품 역시 민창홍의 시세계가 보이는 특징들, 이를테면 여러 국면을 한 자리에 불러 모으고 서정적 순간보다 서사적 시간을 시의식의 배후로 삼고 있다는 점 등은 유사하게 나타나지만, 앞의 시편들보다 강렬한 이미지의 삶을 보여준다는 점은 인상적이다. 단풍으로 물든 가을 산과 불 속에 갇힌 "할머니"의 모습, 그리고 "개울물에 떠가"는 단풍잎 등의 형상은 그의 시에 내장된 서사적 욕망이 좀 더 멀리 나갈 수 있는 어떤 가능성을 개진한다. 그의 시가 품고 있는 이야기들이 서사적 장력張力을 활용하거나 강렬한 서정성에 몸을 맡기는 일에 여전히 유보적이기 때문에 그것은 내장된 가능성이라고 할 수 있다.

2.

시는 순간에서 영원성을 보고자 하는 장르이다. 시가
지닌 서정적 격정은 영원을 넘보는 이 순간의 욕망에서
비롯된 것이고, 그것은 장르적 긴장을 견지하게 하는 내
적 동력으로 작용한다. 그러한 점에서 시적 서정 속에
는, 그것이 설령 평온의 포즈를 취하고 있다고 하더라도
강렬한 정념(의 과정)을 내장한 것이라고 할 수 있다. 시
는 본질적으로 낭만적 정념에 속한 형식이다. 민창홍의
시가 지닌 유보적 성격은 서정적 정념을 시간 속에서 누
그러뜨리는 과정으로 인해 마련된다. 그의 시는 시적 파
토스의 순간을 경과한 지점에서 비로소 개시開始되어 서
사적 시간을 통과하는 방식으로서 구성된다. 앞에서 그
의 시가 주관적 내면성을 본질적인 밑천으로 삼고 있다
는 점을 지적한 바 있는데, 이러한 특징은 비非-파토스
적 성격과 결합하여 시간의 속성을 전적으로 수락하는
양상으로 개진된다. 그러한 점에서 그의 시는 서사적 시
간의 끝에서, 이쪽을 바라보는 저편의 시선 속에서 씌어
진다.

　　인삼 닮은 무를 다듬는다
　　미움의 털 잘라낸다
　　벌레가 갉아 먹은 마음까지도 떼어내고
　　공평하게 네 동가리로 나누는 칼날

하얀 속살 묻어난다
검은 응어리로 가득한
때 씻고 또 씻으며
보얗게 살아나는 무를 본다
언젠가 나도 무색의 시간이 있었지
살아서 팔팔하던 패기 억누르던 소금
나이에 걸맞게 숨을 고른다
찰기 넘친 쌀알들 으깨져
비명 지르는 둥근 양푼 속
찐득하고 부드러운 풀기
한 세상 늘어질 시간쯤
고춧가루 새우젓 마늘 생강 으깨어
하얀 무와 푸른 무청 범벅이 되면
잘 생긴 총각들 당당하게 세상을 걸어간다
베란다에서 곰삭아 가는 묵은 항아리
하루 한 번쯤 조바심 나게 얼굴을 내미는 햇빛에
미움을 꾹꾹 다져 넣고
미칠 듯이 답답한 응어리진 시간들
무같이 마음을 눅이며
아린 생강 맛처럼
곱씹어가는 내 삶

- 「김치처럼」 전문

이 시 역시 소재를 자신의 내면의 것으로 전유한 발상
위에서 시작된다. "무를 다듬"고 씻고 소금에 절이는 과정은 고스란히 '미움을 잘라내고' '들끓는 정념의 숨을 고르는' 행위로 감수된다. 하여 무김치를 담는 작업은 격정을 다스리는 생의 과정이 된다. 그러한 점에서 본다면 이 시가 그리고 있는 '무김치'는 '총각무'가 아니라 '중년 아저씨김치'라 할만하다. 중년의 시선에서 청년기를 그리고 있는 셈인데, 이러한 원숙한 시선의 도입, 다른 관점에서 보자면 시선의 부조화는 민창홍의 시가 기본적으로 현재적 시간이 아니라 도래할 시간의 관점 위에 서 있기 때문일 것이다. 앞에서도 언급한 것처럼, 그의 시는 서정적 순간이 아니라 지나간 (서사적) 시간 위에서 씌어진다. 그리하여 위의 시에 서술된 격정의 감정들은 그 자체로서, 생생한 형상언어로서 보존되지 않고 지나간 것으로서 '서술'되고 있는 것이다.

이웃의 인심 넘나들어
태풍이 와도 단단하게 견디는
폭설이 내려도 무너지지 않는
할아버지 아버지가 쌓아온 돌담 위
한숨 푹 자고 늘어져 있는 호박
팔자 한 번 늘어졌구나
담벼락 아래 대책 없이 머리 들고
세상 구경삼아 오르던 시간
주렁주렁 열리는 자식들
담은 무너질 걱정을 하지 않았다

처음부터 누군가의 발에 차이는 신세였기에
무너져도 손해 볼 일 없는 돌이다
맨 아래 돌이 비뚤어져 있다 해도
대대로 쌓아온 땀의 가치가 지탱해주는
호박 무게만큼의 믿음이
가문을 지키고 마음을 이어가는 고향
돌담은 비를 맞고 있다

　　　　　　　　　　　　　　　－「돌담」 전문

　이 시의 주제는 시간이다. 고가의 돌담을 소재로 한
이 작품은 켜켜이 쌓여 있는 '돌담'에서 장구長久한 시간
의 무게를 본다. 여기에는 시간의 권위에 대한 전적인
수락과 신뢰가 자리 잡고 있다. 민창홍 시의 전체적 기
조를 이루는 긍정의 성격은 시간에 대한 이러한 믿음에
서 비롯된 것으로써, 그의 시가 보여주는 공동체나 공동
체적 가치에 대한 존중은 이와 관련된다. "태풍이 와도
단단하게 견디"고 "폭설이 내려도 무너지지 않는" 견고
한 돌담의 지지력은 "대대로 쌓아온 땀의 가치"에서 기
인한다. 그것은 공동체 자체를 지속시키는 힘이면서, 구
성원들을 보듬는 큰 울타리가 된다. 시간과 그 위에 조
성된 공동체에 대한 믿음은 민창홍 시학의 가장 넓은 저
변低邊이다. 이 대목은 그의 시가 서정적 순간에 몰입할
수 없는, 그래서 파토스적 서정을 유보하게 되는 이유이
기도 하다.

위의 시에서 "대책 없이 머리 든" 시간들이나 "비뚤어져 있"는 돌들 역시—그들 스스로는 의식할 수 없겠지만—종국에는 이들을 아우르는 누대에 걸친 시간과 공동체 속에 편입되어 자신의 생을 살게 될 것이다. "한숨 푹 자고 늘어져 있는" 저 '호박의 늘어진 팔자'의 형상은 시간의 위력에 대한 시인의 전적인 수락을 웅변하는 상징적 풍경이자, 민창홍 시의 현재적 지평을 가늠하게 하는 단초라고 할 수 있다. "가문을 지키고 마음을 이어가는 고향", "비를 맞고 있"는 저 돌담의 이미지는 그의 내면 형상인 셈이다.

　　통나무가 통째로 넘어간다는 것
　　무게를 이기지 못하고 통째로 넘어간다는 것
　　참말로 믿을 수 없는 눈
　　눈은 넘어가는 나무를 바라볼 뿐

　　참깨 닷 되 이고 장에 가던 날
　　보름 남았다고 좌석마다 인사를 건네던
　　어르신 백수잔치
　　버스는 덩달아 신이 났는데

　　효부로 소문난 은산댁이 며칠째 보이지 않고
　　국화 송이 같은 눈을 덮은 차가
　　두 대나 사라진 내리막길
　　바퀴 자국이 그어놓은 평행선은 희미하다

하늘도 야속 허구먼
낙락장송 넘어간 거

창밖에 대고 아산댁은 중얼거리고
평행선이 만나는 아랫마을 기와집
참말로 믿을 수 없는 눈
눈은 넘어가는 나무를 바라볼 뿐

짝이 맞지 않는다고 투덜대던 남원댁
신발 문수 맞춰 짝을 찾는다
마을회관 털신들

— 「털신들」 전문

『닭과 코스모스』에 중요하게 등장하는 사물 중 하나인 '눈'을 소재로 한 작품이다. 시는 "효부로 소문난 은산댁이 며칠째 보이지 않"는 상황을 담담하게 적고 있는데, 이 담담함이야말로 「털신들」의 주제라고 할 수 있다. 그 것은 "백수잔치"가 "보름 남았다고" "신이 난" 버스의 정경과 그 맞은편에 그려진 "국화송이 같은 눈을 덮은 차가" "그어놓은 평행선"의 풍경으로 형상화되어 있다. 장수長壽를 맞이하는 기쁨의 정취와 나란히 놓여진 횡사橫死의 형국은 인간사의 비극성과 정체를 생생하게 그려낸다. "통나무가 통째로 넘어간다는 것" 그것은 믿을 수 없고 믿고 싶지 않지만, 수락할 수밖에 없는, 우리들 생의

120

진실이다. 저 한없이 보드랍고 가벼운 눈이 나무를 넘긴
다. "통째로 넘어간다는 것" 그것은 "참말로 믿을 수 없
는" 사실이지만 적나라한 생의 진실이다. 시간과 시간이
품고 있는 운명을 상징하는 저 '눈'은 통나무를 "통째로
넘"기는 주체이면서 동시에 "넘어가는 나무를 바라보"는
존재이다. 그것은 인간이 어떻게 해볼 수 없는 시간이자
운명이지만, 저 시간과 운명이 지나간 자리를 목도하는
시선이기도 하다. 비극적인 풍경을 바라보는 저 담담한
시선은 표면적으로는 시간의 것이지만, 실제로는 시인
의 것이다. 「돌담」에서 보았던 시간성의 수락이 저 시선
속에 자리 잡고 있는 셈이다. 이 시의 결미가 보여주는
위장된 가벼움은 "참말로 믿을 수 없"지만, 저 어찌할 수
없는 진실에 대한 전적인 수용인 것이다.

3.

민창홍의 시를 지배하는 주관적 내면성과 긍정의 정조
는 그의 시에 출현하는 독특한 유머의 기지라고 할 수
있다. 여유와 천진에 기초한 언어적 유머들은 삶과 세계
를 향한 수락과 긍정의 태도에서 기인하는바, 그의 시적
유머들은 폭소爆笑나 조소嘲笑보다 실소失笑에 가깝다. 이
는 그의 시가 어떤 각성이나 바깥을 향한 계도의 의도를
거의 갖고 있지 않다는 점과 관련된다. 그의 유머는 외

부 대상을 겨누는 풍자나 비판적 성격을 지닌 해학에 기반하지 않는다. 그것은 차라리 자족적이고, 보다 내면적이다.

베란다에 앉아 차를 마시며
과일 장수 트럭이 들려주는 음악을 듣고
귀농한 시인이 보내온 시집을 읽는다

담배에 불을 붙여
어린 시절로 빠져든다

입에 문 담배가 감각이 없다

아, 재가 떨어졌다
탁자에 깔린 묵화가 그려진 다포
떨어진 검은 점 하나

기러기가 날고 산 아래 초가는 한가로운데

아내의 지청구는 잊고
무릎을 쳤다
그랬구나

그래, 달이 필요했던 거야

- 「긍정」 전문

"과일장수 트럭"의 마이크 소리를 소음으로 듣지 않고 음악으로 들으며 "귀농한 시인"의 "시집을 읽는" 화자의 내면은 이미, 산중처사의 그것이다. 이러한 태도는 온전히 『닭과 코스모스』를 지은 시인의 것으로서, 이 평정과 자족의 내면이야말로 "차를 마시는" 베란다 공간을 묵화 속 초가의 세계로 바꾸는 심리적 계기라고 할 수 있다. 물고 있던 담배의 재가 떨어져 완성한 〈"기러기 나"는 "산 아래 초가"의 한가로운 달밤의 정경〉은 그 자체로서 시인의 내면이 지향하는 세계이다. 이 호젓하고 담박淡泊한 풍경은 시인이 완성한 세계이다. 이 세계는 비판이나 풍자의 의도를 띠지 않고 전적으로 자신만을 향해 있는 자족적 내면의 세계이다. 세상에 대한 공격이나 비판, 혹은 자기—고통이나 번뇌의 토로 없이 담뱃재가 떨어짐으로써 펼쳐진 이 출세간出世間의 풍경은 읽는 이들의 긴장 상태를 일순 해제시킨다. 떨어진 담뱃재를 달로 환치換置함으로써 평정의 풍경을 완성하는 저 눙치는 천연덕스러움은 민창홍 시학의 한 절정을 보여준다. 우리는 여기에서 타인이나 세상을 제물로 삼지 않고 도달한 담박淡泊의 내면—지평을 목도하게 된다. 이 묵화적 내면의 평면성에서 다음과 같은 천진한 발상과 발화들이 흘러나오는 것이리라.

바다에 떠오른 달걀 프라이 한 접시
요기를 한다

꼬끼오
바다를 건너오는 닭

이글거리는 붉은 벼슬
혓바닥 같다
몸속까지
뜨겁다

꼬꼬댁
구구

오일장 삼 십 리 길
달걀 한 줄

고무신 두 켤레 맞바꾸고
십 리 사탕 입에 물면

푸른 밭을 헤집는
부지런함으로

꼬꼬댁
꼬꼬

산에 걸려 있는 달걀 프라이 한 접시
물 한 모금 먹고

시작이다

꼬꼬댁
구구

-「일출」전문

"바다에 떠오른 달걀 프라이 한 접시", 일출의 풍경이
참으로 쿨하게 정리되었다. 실소를 자아내게 하는 이 천
진天眞한 시선은 시의 어깨에 들어있는 뽕을 여지없이 무
력화한다. 세잔의 그림 같은 이 단순함은 허심虛心에서
기원한 것이며, 정신적 출세간이라기보다 동심적 무심
함에서 온 것이라고 하는 것이 맞겠다. 그것은 의도나
의지에 의해 개진된 정신적 형상이 아니라 무심無心이 길
어낸 순수 형상이다. 계도나 각성의 의지가 전혀 개입되
지 않은 이 풍경은 무중력의 그것처럼 허허롭다. 어떤
깊이, 혹은 깊이의 정도나 유무를 촌스럽게 만드는 군더
더기 없는 형상의 간소簡素함, 장식 없는 이 단순單純함은
담뱃재로 완성된 「긍정」의 묵화처럼 담박하다. 그렇다고
이 시를 동시라고 할 수 없는 것은 "삼십 리 길/달걀 한
줄을 고무신 두 켤레 맞바꾸고/십 리 사탕 입에 물"고 되
돌아오는 생활 세계(의 정서)가 이 시의 배후에 가로놓여
있기 때문이다.

닭이 코스모스 꽃잎을 쪼고 있다
꽃잎에 붙은 이슬은 엄살을 부리고

125

아버지는 냉수를 찾으신다

장날 아버지가 사오신 폐계 다섯 마리
장닭에게 쫓기다 밭을 배회하고

폐계를 사왔다고 다그치는 어머니
술에 취해
몰라도 된다고 하시는데

감춰두었던 비밀을 꺼내듯
알듯 말듯 해맑게 웃는 코스모스

모이를 열심히 쪼으면 된다고
알만 쑥쑥 쏟아내면 된다고
무엇이든 버리지 못하는 아버지

대추나무에 걸린 해
빛깔 곱게 이글거리는 청잣빛 접시
종종걸음 뒤뚱뒤뚱
꼬끼오
물 한 모금 먹고

코스모스는 별들을 털어내고
첫차가 지나는 소리 듣는다

껍질을 깨면 알까

술이 깨면 알까

– 「닭과 코스모스」 전문

또 닭이다.* "닭이 코스모스 꽃잎을 쪼고 있"는 삽화
적 풍경에 아버지와 어머니의 모습이 병치_並置_/오버랩되
어 있다. 당신은 "닭이 코스모스 꽃잎을 쪼고 있"는 마당
의 풍경에서 무엇을 생각하는가. 특별한 의미를 부여할
수 있어서가 아니라 이 풍경은 그 자체로서, 그저 재미
있다. 시쳇말로 '멍 때릴 수 있는' 무심의 능력이 풍경 속
에 있는데, 여기에 장날 약주를 드시고 "폐계 다섯 마리"
를 사온 아버지와 그 아버지를 "쪼는" 어머니의 모습이
나란히 놓여 있다. 코스모스 꽃잎을 쪼는 닭과 약주를
드시고 어머니에게 몰리면서도 눙치고 꿍치는 아버지의
모습이 실소를 자아낸다. '멍 때리도록' 아름답기도 한
데, 생각해보면 그것이 삶이기도 할 것이다. 닭이 "꽃잎
에 붙은 이슬"을 쪼는 마당의 풍경이나, "이슬"을 드신
아버지를 쪼아대는 '어머니'와 아버지의 능청의 정경은

---

* 닭고기는 전세계적으로 가장 너른 분포를 보이는 육식의 대상일 것인데,
육식을 좋아하지 않는 사람들이나 개나 소 등을 먹지 않는 힌두교
국가에서도 닭은 즐겨 식용된다. 그것은 아마도 닭에게서 별다른 정서적
교감을 느끼지 못해서일 것이고 이는 살육으로 인한 죄의식이나 부담감을
더는 데 중요한 역할을 했을 것이다. 혹시 당신은 닭에게서 각별한
친근감을 느끼시는지. 닭 있는 풍경에서 시선은 묘하게 단순해지고
생각은 평면화한다. 모이를 먹거나 곁에 있을 때조차 닭에게서는
기이하게도 생명의 온기 같은 것이 별로 느껴지지 않는다.

우리에게 무중력의 웃음을 제공한다.

민창홍의 무심과 허심의 시학은 우리 시의 새로운 지평의 가능성을 생각하게 한다. 과도한 의미와 의도의 시들이 초래하는 미학적 피로와 달리, 그의 시는 무심한 풍경이 불러오는 소박과 단순의 즐거움을 누리게 한다. 깊이에서 기인하는 형상적 사유의 감동과는 전혀 다른, 평면성이 주는 아름다움과 미학적 평정을 우리는 그의 시에서 경험하게 된다. 이는 과거적 정서가 들러붙은 그의 시들에서 확인하게 되는 상투와는 이질적인, 기이한 참신함과 미학적 무중력의 자유 같은 것이라고 할 수 있다. 그것은 이를테면 '닭대가리'라는 표현에 오랫동안 내장된 희화적戱畵的이고 조소적嘲笑的인 경멸을 단박에 지워버리고 넘어서는, 닭이 있는 풍경이 주는 평면적 단순함, 그 무심한 단순성이 주는 아름다움 같은 것이리라. "꼬꼬댁/꼬꼬" "꼬꼬댁/구구".